策　　划　高高国际　出 品 人　高　欣　品牌运营　孙　莉　选题统筹　孙广宇　营销编辑　王晓琦　装帧设计　高高国际

医生到底是好还是坏？

[斯洛文尼亚] 花儿·索科洛夫　著

[斯洛文尼亚] 彼得·思科罗杰　绘

赵文伟　译

作家出版社

今天，迈克不去上学了。通常，这是个好消息。但是这回，迈克宁愿拿他最喜欢的化石交换……都怪那个蠢医生！

乔已经起床了，刚刚从玩具箱里拿出听诊器。

"等你好利索了才能做手术。"说完，他掀开迈克的被子。

迈克一下子跳起来，大叫道："走开！"

"我会做手术，"乔平静地说，"我们学过这个。"

爸爸走进房间。"乔，现在不是做游戏的时候。"

"我再也不扮医生了，再也不了！"迈克喊道。

他用被子蒙住头，号啕大哭起来。

这时，妈妈走过来，坐在床边，紧挨着迈克，摸到被子下面迈克的手。迈克终于露出了脑袋瓜，脸上沾满泪水。妈妈抱住他。

"很快就会过去的。"妈妈安慰道。

"我不做手术，因为我咳嗽。"迈克一边大声咳嗽，一边喘着粗气，"感冒的孩子不能打麻醉药。"

当明白了无论怎样抵抗都无济于事之后，迈克大声擤鼻子，离开妈妈的怀抱，慢吞吞地穿起衣服来。

　　"我连早饭都不能吃，"迈克气呼呼地说，"因为这个蠢手术，我会饿死的！"他的小手攥成拳头，"我要把所有医生装进大船里，送到一个荒岛上去。医生只会让小朋友痛苦！"

　　"迈克，这样说是不对的，"妈妈叹了口气说，"你很清楚医生是在帮助你。"

　　"特里医生就很友好，"乔接话茬说，"她给我检查身体都会送我饼干。"

"女巫送给亨舍尔和格莱特*饼干，是为了吃掉他们。"

"特里医生不是坏女巫！"乔喊道。

"你以为她为什么叫特里医生？"迈克说，"因为她特厉害！不然，她不会让我做手术的。我不需要手术。我哪儿都不疼，我很健康。"

"迈克，没有用的。你很清楚你必须做手术。"妈妈说。

迈克气愤地踢着枕头。他得给那些医生点儿颜色看看！

★亨舍尔和格莱特的故事出自《格林童话》。亨舍尔和格莱特兄妹被继母扔在大森林里，他们来到女巫的糖果屋，差点儿被吃掉，兄妹俩凭借机智与勇气最终脱离了魔掌。

迈克和爸爸坐在候诊室等待。护士给迈克称了体重、量了体温。

"体温正常。"护士高兴地说。

迈克却怒视着她。

迈克也怒视着给他检查身体的医生。

"你很健康，就是心跳得有点儿快。"医生说着，轻轻拍了拍迈克的肩膀。

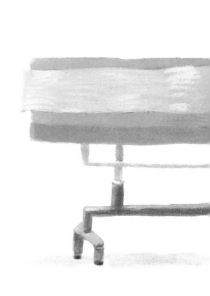

"可是，我今天早上咳嗽了，"迈克的声音哽住
了，"你的体温计一定是坏了。"他都快哭出来了。

但医生还是温和地让他穿上睡衣。
佩特拉护士陪着迈克和爸爸走进病房。"我给
你一点儿糖浆喝，你会感觉好一些。"她说。

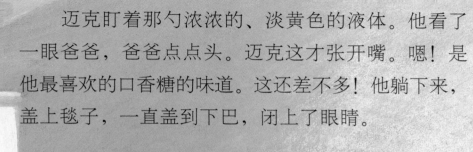

　　迈克盯着那勺浓浓的、淡黄色的液体。他看了一眼爸爸，爸爸点点头。迈克这才张开嘴。嗯！是他最喜欢的口香糖的味道。这还差不多！他躺下来，盖上毯子，一直盖到下巴，闭上了眼睛。

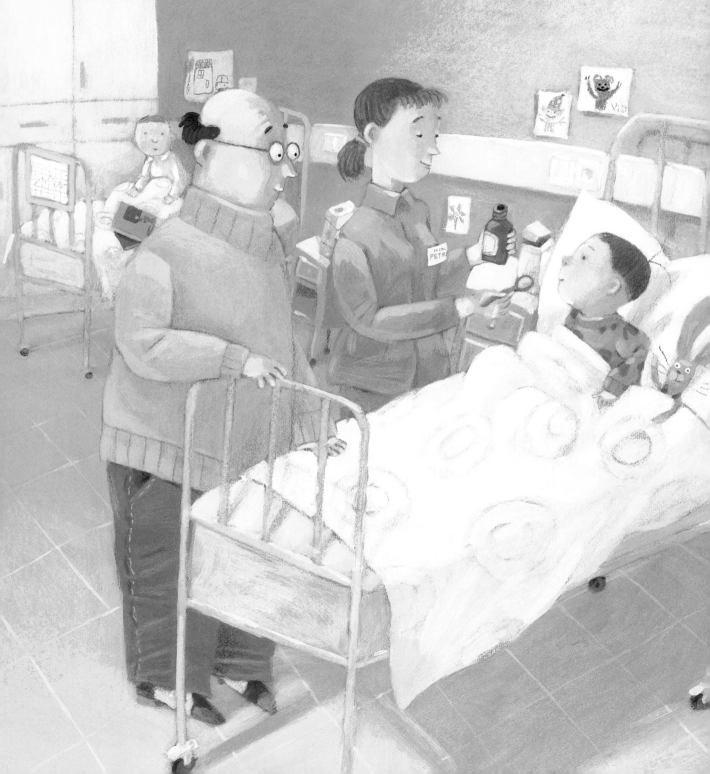

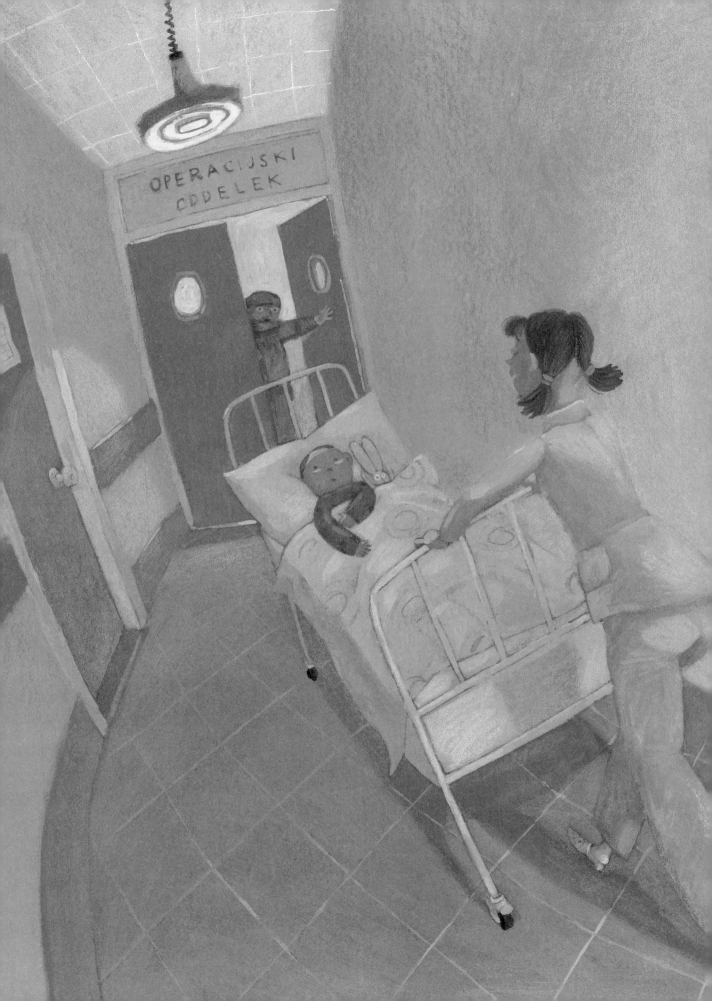

护士又来了。奇怪，迈克觉得很累。可能正是因为这样，他不用走路了，护士把他推进了手术室。床也一起推走了！

爸爸捏了捏迈克的手，亲了他一下，说："别怕，一切都会好起来的。等着瞧吧。"说完他转身离开了，脚步的回声很响。迈克很想尖叫，想跳下床追上爸爸，可是一切都似乎无济于事。

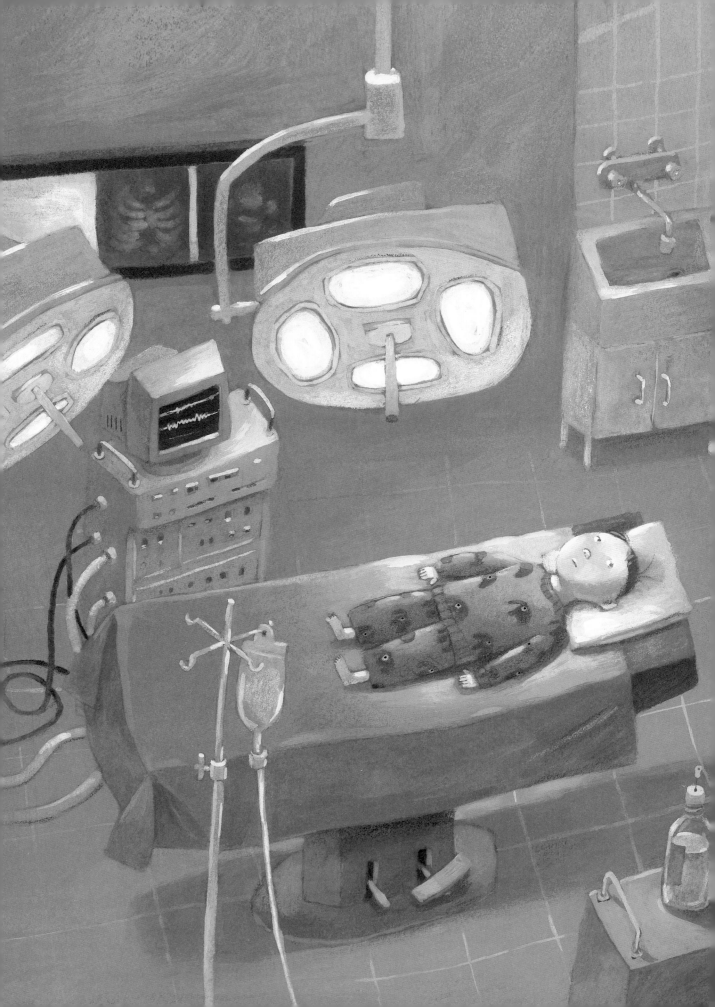

哎呀，哎呀！

没想到手术室这么有意思！一个地方聚集了这
么多有趣的东西！

但是下一秒，迈克想起等待他的是什么了。那
把锋利的手术刀在哪儿？外科医生要用它来……

他吓得闭上了眼睛。

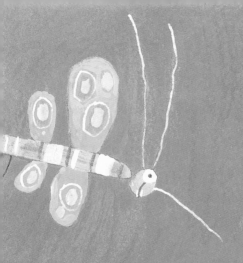

一个护士和一个女医生出现在手术台前。

"你是迈克吧？"护士问道。

迈克点点头。

"你的睡衣很可爱。"医生指着迈克睡衣上的小象说，"它一定会给你带来好运的。"迈克最讨厌医生和护士把他当小孩看。他不会相信她们的甜言蜜语的！

"你看，这只蝴蝶会落在你的手上。我希望它能和这头小象和睦相处。"

　　蝴蝶？别扯了！乔可能会上这种当，但迈克知道护士要给他打针。你知道吗，她们把一根橡皮管缠在他的胳膊上，然后拉紧，胳膊上的静脉凸显出来。"飞吧，飞吧，小蝴蝶，"护士唱道，然后，噢！针扎下去了，蝴蝶锋利的管子刺进他的静脉里，"现在我们要喂小蝴蝶吃东西了。这个可怜的小家伙饿坏了。"

　　医生给迈克注射了一种乳白色的液体。确实是蝴蝶的食物！这是为了让他睡觉！

　　"你很快就会睡着的。"医生解释说，好像迈克不知道似的！"想点儿高兴的事，你就会做美梦。"

　　迈克想象着海滩、露营、贝壳、太阳……是的，这将是一个美梦。但是躺在手术室里很难想到美好的东西。

　　这些穿绿袍子的人是从哪儿冒出来的？

"现在我们检查你的心跳。"医生的声音再次传来。迈克感觉有东西贴在他的胸口上。监控台上的显示器活跃起来。"我们要给你戴上面罩，"医生说，"就像飞行员那样，然后，我们就要起飞了。"胡说什么呢，迈克想。要不是睡意突然袭来，他会把这句话大声说出来的……

不知过了多久，迈克睁开了眼睛，他已经在病
房里了。爸爸正弯着身，笑眯眯地抚摸他的额
头。"好了，结束了！"他高兴地说，"疼吗？"

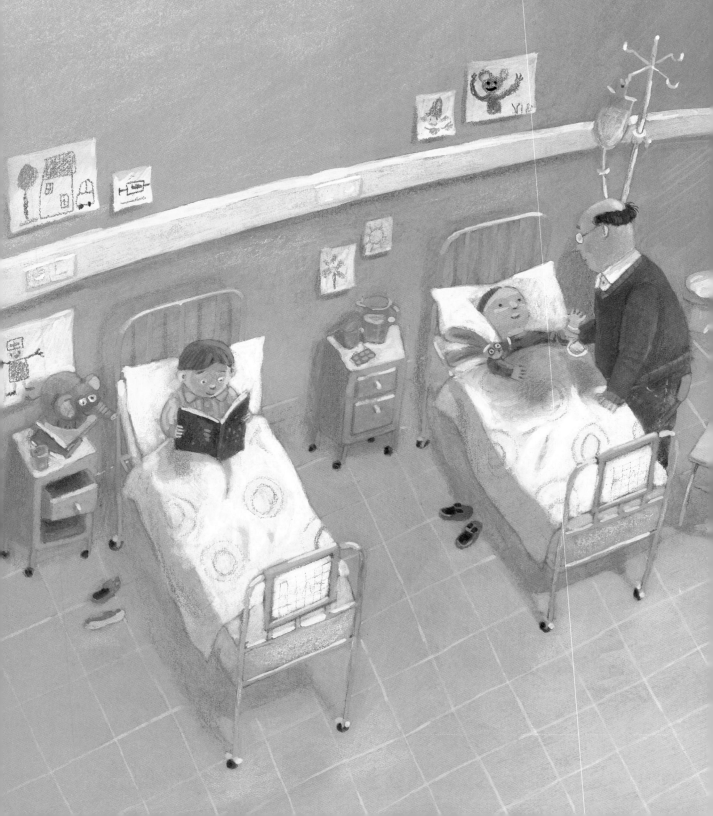

"一点儿也不疼。"迈克勇敢地回答。接着，他问爸爸，"你想看我的蝴蝶吗？医生是这么叫的，所以我不怕。真够傻的！"他伸出手，让爸爸看停在手臂上的"蝴蝶"。

TARI RIM

爸爸从包里掏出一个礼物。

漂亮的包装纸下面藏的是什么？一本书！一本精彩的书，写的是古代人的生活。妈妈在扉页上写了日期和献词：

"送给做了疝气*手术的迈克。"

太惊喜了！难道还有比爸爸妈妈为你念书讲故事更幸福的事吗？

"读给我听吧，爸爸！"爸爸开始读《古罗马人的生活》。迈克闭上眼睛，伴随爸爸的声音进入了梦乡。

★ 疝（shàn）气是一种儿童常见病，多因先天体质较弱，或者咳嗽、喷嚏、用力过度或过度啼哭引发。

迈克被乔叫醒了。乔喊着："嘿，迈克，做完手术，你有没有得到一块饼干？有没有？给我留着吗？"

妈妈亲了迈克三下，迈克的手都被妈妈捏疼了。妈妈说："迈克，一切都很棒，是不是？希尔维亚阿姨和伊娃让我问你好。明天她们过来看你。伊娃让我告诉你，她会帮你把所有医生装上大船，送到荒岛上去。"

迈克翻着白眼想："那个伊娃呀，都上三年级了，还说这种蠢话！"

图书在版编目（CIP）数据

医生到底是好还是坏? /（斯洛文）花儿·索科洛夫
著；（斯洛文）彼得·思科罗杰绘；赵文伟译. -- 北京：
作家出版社，2017.4（2021.11重印）
　　ISBN 978-7-5063-9445-1

　　Ⅰ.①医… Ⅱ.①花…②彼…③赵… Ⅲ.①儿童故
事—图画故事—斯洛文尼亚—现代 Ⅳ.①I555.485

中国版本图书馆CIP数据核字（2017）第080021号

（京权）图字：01-2017-1613

AH, TI ZDRAVNIKI written by Cvetka Sokolov and illustrated by Peter Škerlj
Copyright © Mladinska knjiga Založba, d.d., Ljubljana, 2007
Simplified Chinese edition copyright ©
2017 Beijing GaoGao International Culture & Media Group Co., Ltd
ALL RIGHTS RESERVED.

医生到底是好还是坏?

作　　者：［斯洛文尼亚］花儿·索科洛夫
绘　　者：［斯洛文尼亚］彼得·思科罗杰
译　　者：赵文伟
责任编辑：杨兵兵
装帧设计：高高国际
出版发行：作家出版社有限公司
社　　址：北京农展馆南里10号　　邮　　编：100125
电话传真：86-10-65067186（发行中心及邮购部）
　　　　　86-10-65004079（总编室）
E-mail:zuojia@zuojia.net.cn
http://www.zuojiachubanshe.com
印　　刷：北京盛通印刷股份有限公司
成品尺寸：200×275
字　　数：35千
印　　张：2.5
版　　次：2017年6月第1版
印　　次：2021年11月第2次印刷
ISBN 978-7-5063-9445-1
定　　价：39.00元